Tucholsky Wagner Zola Scott Sydow Freud Schlegel
Turgenev Wallace Fonatne
Twain Walther von der Vogelweide Fouqué Friedrich II. von Preußen
Weber Freiligrath
Fechner Weiße Rose von Fallersleben Kant Ernst Frey
Fichte Richthofen Frommel
Engels Fielding Hölderlin
Fehrs Faber Flaubert Eichendorff Tacitus Dumas
Maximilian I. von Habsburg Fock Eliasberg Ebner Eschenbach
Feuerbach Ewald Eliot Zweig Vergil
Goethe Elisabeth von Österreich London
Mendelssohn Balzac Shakespeare Dostojewski Ganghofer
Trackl Lichtenberg Rathenau Doyle Gjellerup
Stevenson Hambruch
Mommsen Tolstoi Lenz Droste-Hülshoff
Dach Thoma von Arnim Hanrieder
Verne Hägele Hauff Humboldt
Karrillon Reuter Rousseau Hagen
Garschin Hauptmann Gautier
Damaschke Defoe Hebbel Baudelaire
Descartes Hegel Kussmaul Herder
Wolfram von Eschenbach Schopenhauer
Bronner Darwin Dickens Grimm Jerome Rilke George
Melville Bebel
Campe Horváth Aristoteles Proust
Bismarck Vigny Barlach Voltaire Federer Herodot
Gengenbach Heine
Storm Casanova Tersteegen Gilm Grillparzer Georgy
Lessing Langbein
Chamberlain Gryphius
Brentano Lafontaine
Strachwitz Claudius Schiller Kralik Iffland Sokrates
Katharina II. von Rußland Bellamy Schilling
Gerstäcker Raabe Gibbon Tschechow
Löns Hesse Hoffmann Gogol Wilde Vulpius
Luther Heym Hofmannsthal Klee Hölty Morgenstern Gleim
Roth Goedicke
Luxemburg Heyse Klopstock Puschkin Homer Kleist
Machiavelli La Roche Horaz Mörike Musil
Navarra Aurel Musset Kierkegaard Kraft Kraus
Nestroy Marie de France Lamprecht Kind Kirchhoff Hugo Moltke
Nietzsche Nansen Laotse Ipsen Liebknecht
Marx Ringelnatz
von Ossietzky Lassalle Gorki Klett Leibniz
May vom Stein Lawrence Irving
Petalozzi Knigge
Platon Pückler Michelangelo Kafka
Sachs Poe Kock
de Sade Praetorius Mistral Liebermann Korolenko
Zetkin

Drei Fastnachtsspiele

Hans Sachs

Impressum

Autor: Hans Sachs
Umschlagkonzept: toepferschumann, Berlin

Verlag: tredition GmbH, Hamburg
ISBN: 978-3-8424-9295-0
Printed in Germany

Drei Fastnachtsspiele

von

Hans Sachs

Im Insel=Verlag zu Leipzig

HANS
TEVT
POET
NVRN

SACHS
3ER
3V
BERCK

3V · NVRNBERK · BRACH · FVR · MACH · GTICH
DIE · AVF · POETISCH · SEIN · 3VGRICHT
3V · SPILN · SINGEN · VND · 3V · LESEN
VON · GEISTLICHM · V · WELTLICHM · WESEN
DOCH · ALLES · DEVTSCH · LVSTIG · V · SCHO
ES · HAT · IMS · KEINER · GLEIC · GETHON

Das Narrenschneiden.

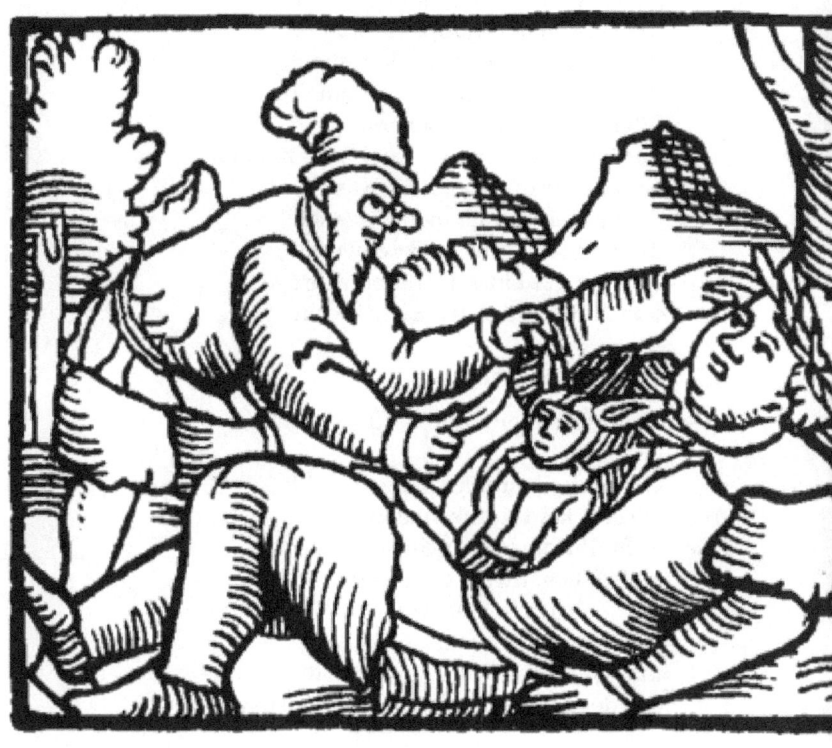

Die Person in das Spiel:

Der Arzet
Der Knecht
Der Krank

Der Arzt tritt ein mit seinem Knecht und spricht:

Ein guten Abend! Ich bin dort nieden
von einem worden rauf beschieden,
wie etlich krank heroben wärn,

die hätten einen Arzet gern.
Nun sind sie hie, Frau oder Mann,
die mügen sich mir zeigen an.
Sie haben faul Fleisch odern Stein,
die Husten odern Zipperlein,
den Meuchler oder trunken z'viel,
den Grimm gewunnen ob dem Spiel,
Eifersucht oder das Sehnen,
das Laufend, Krampf, mit bösen Zähnen,
auch sunst für Krankheit was es sei,
dem hilf ich durch mein Arzenei
um ringe Soldung unbeschwert,
weil ich des bin ein Arzt bewährt,
wie ihr des Brief und Siegel secht.

Er zeigt Brief und Siegel.

Der Knecht sicht hin und her und spricht:

O Herr, wir sind nit gangen recht;
ich sich kein Kranken an dem Ort.
Secht Ihr die Leut nicht sitzen dort
all fröhlich, frisch, gesund und frei?
Sie bedürfen keiner Arznei.
Hättens ein Hofierer darfür
und wär wir daußen vor der Tür,
das deucht uns beiden sein am besten.

Der Arzt neigt sich und spricht:

Gott gsegn den Wirt mit seinen Gästen!
weil wir haben verfehlt das Haus,
bitt' wir: legt uns zum besten aus!
Das nehm wir an zu großem Dank.

In dem kummt der großbauchet Krank an zweien Krücken; der
Knecht spricht:

Mein Herr, schaut zu! hie kummt der Krank.

Der Krank:

>O Herr Doktor, seid Ihr der Mann,
>von dem ich lang gehöret han,
>wie Ihr helft iedermann so fein?
>So kumm ich auch zu Euch herein,
>weil groß geschwollen ist mein Leib,
>als sei ich ein großbauchet Weib,
>und rührt sich Tag und Nacht in mir.
>O mein Herr Doktor, schauet Ihr,
>ob es doch sei die Wassersucht,
>oder was ich trag für ein Frucht!
>Und schaut, ob mir zu helfen sei
>durch Euer heilsam Arzenei,
>weil Euch der Kunst nie ist zerrunnen.

Der Arzet spricht:

>Hast du gefangen deinen Brunnen,
>so gib und laß mich den besehen!

Der Krank gibt ihm das Harmglas und spricht:

>Ja, lieber Herr, das soll geschehen.
>Nehmt hin und bschaut den Brunnen selb!

Der Arzt besicht den Brunnen und spricht:

>Gesell, dein Brunn ist trüb und gelb,
>es liegt dir wahrlich in dem Magen.

Der Krank greift den Bauch und spricht:

>Es tut mich in dem Bauch hart nagen
>und ist mir leichnamhart geschwollen.

Der Arzt:

Gesell, wenn wir dir helfen sollen,
so mußt du wahrlich für den Tod
ein Trünklein trinken über Not.
Das will ich dir selbert zurichten.

Der Krank:

Ja, lieber Herr, sorgt nur mitnichten!
Ich hab oft vier Maß ausgetrunken,
daß ich an Wänden heim bin ghunken.
Sollt ich erst nicht ein Trünklein mögen?

Der Arzt:

Gesell, dasselb wird gar nicht tügen.
Du hast forthin her in viel Tagen
gesammelt ein in deinen Magen.
Das ist dir alls darin verlegen.
Des muß ich dir dein' Magen fegen.

Der Krank setzt sich und spricht:

Ja, Herr, und wenn Ihr das wollt tan,
So heißt hinausgehn iedermann!
Es würd gar leichnamübel stinken.

Der Knecht:

Ei merk! du mußt ein Trünklein trinken:
Das wird dir fegn den Magen dein.

Der Krank:

Was wird es für ein Trünklein sein?
Ist es Wein, Met oder weiß' Bier?
Mein lieber Herr, und hätt ichs schier,
Jetzt hätt ich eben gleich ein Durst.

Der Arzet:

Du mußt vor essen ein Roselwurst.
Darnach nehmst du den Trunk erst billig,
nämlich ein Vierteil Buttermillich,
tempriert mit eim Viertl Summerbier.
Das mußt einnehmen des Tags zwier.
Dasselb wird dir dein Magen raumen.

Der Krank:

Herr, nun fraß ick zweihundert Pflaumen,
trank Bier und Buttermilch darzu.
Das macht mir im Bauch ein Unruh
und rumplet mir in meinem Bauch
und raumt mir wohl den Magen auch,
trieb mich wohl zwölfmal auf den Kübel
und riß mich in dem Leib so übel.
Noch ist mir ietzund nichts dest baß.

Der Arzet spricht:

Knecht, lang mir her das Harmglas!
Laß mich der Krankheit baß nachsehen!

Er schaut den Harm und spricht:

Soll ichs nit zu eim Wunder jehen?
Der Mensch steckt aller voller Narrn.

Der Knecht spricht:

Mein Freund, so ist gar nicht zu harrn.
So muß man dir die Narren schneiden.

Der Krank spricht:

Dasselbig mag ich gar nit leiden.
Der Arzet hat nit wahr gesprochen.
Wo wolltn die Narrn in mich sein krochen?
Das weßt ich armer Kranker gern.

Der Arzet spricht:

> Die Ding will ich dir baß bewährn.
> Seh hin und trink dein eigen Harm,
> dieweil er noch ist also warm!
> So wern die Narren in dir zappeln,
> wie Ameis durcheinander krabbeln.

Der Krank trinkt den Harm und spricht:

> O Herr Doktor, ietz prüf ich wohl,
> und daß ich steck der Narren voll.
> Sie haben in mir ein Gezösch,
> als ob es wären lauter Frösch.
> Ich glaub, es wern die Würm sein.

Der reicht ihm ein' Spiegel und spricht:

> Schau doch in diesen Spiegel nein!
> Du glaubst doch sunst dem Arzet nicht.

Der Krank schaut in Spiegel und greift ihm selb an die Narrenohren und spricht:

> Erst sich ich wohl, was mir gebricht.
> Helft mir, es gschech gleich, wies wöll!

Der Knecht:

> Soll man dich schneiden, lieber Gsell,
> so mußt du dich dem Arzt voran
> ergeben für ein toten Mann,
> dieweil das Schneiden ist gefährlich.

Der Krank spricht:

> Für ein totn Mann gib ich mich schwerlich.
> Stürb ich, das wär meiner Frauen lieb.
> Für kein totn Mann ich mich dargib.

Der Knecht:

Wo du denn wirst zu lang verharrn,
daß überhand nehmen in dir die Narrn,
so würdens dir den Bauch aufreißen.

Der Krank:

Da würd mich erst der Teufel bscheißen,
Weil es ie mag nit anderst sein,
so facht nur an und schneidet drein!
Doch müßt ihr mich vorhin bescheidn:
was gibt man Euch, vom Narren z'schneidn?

Der Arzet:

Ich will dich schneiden gar umsunst,
an dir bewähren diese Kunst.
Mich dünkt, du seist ein armer Mann.
Knecht, schick dich nur! so wöll wir dran.

Der Knecht legt seinen Zeug aus und spricht:

Herr, hie liegt der Zeug allersammen,
Zangen, Schermesser und Blutschwammen,
zu Labung Säft und köstlich Würz.

Der Krank spricht:

Nein, Herr, daß man mich nit verkürz,
gebt mir doch vor zu Letz zu trinken.

Der Arzet:

Knecht, schau! sobald ich dir tu winken,
so schleich ihm d' Handzwehel um den Hals!
So will ich anfahen nachmals.

Der Knecht bindt den Kranken mit der Handzwehel
um den Hals und spricht:

Gehab dich wohl! ietz wird es gehn.
Beiß aufeinander fest die Zähn!
So magst du es dester baß erleiden.

Der Arzet spricht:

Halt für das Beck! so will ich schneiden.

Er schneidt. Der Krank schreit:

Halt, halt! potz Angst! du tust mir weh.

Der Knecht spricht:

Das hat man dir gesaget eh,
es werd nit sein wie Küchlein z'essen.
Willt dich die Narren lassen fressen?

Der Arzt greift mit der Zangen in Bauch, zeucht den ersten Narren heraus und spricht:

Schau, mein Gsell, wie ein großer Tropf!
Wie hat er so ein gschwollen Kopf!

Der Krank greift sein Bauch und spricht:

Jetz dünkt mich gleich, es sei mir baß.

Der Arzet:

Wie wohl will ich dir glauben das!
Der Narr hat dich hart aufgebläht.
Er übet dich in Hoffart stet.
Wie hat er dich so groß aufblasen,
hochmütig gemacht übermaßen,

stolz, üppig, eigensinnig und prächtig,
rühmisch, geudisch, sam seist du mächtig.
Nicht Wunder wär, und willt du's wissen,
er hätt dir langst den Bauch zurissen.

Der Knecht:

Mein lieber Herr, schaut baß hinein,
ob nicht mehr Narren drinnen sein!
Mich dünkt, sein Bauch sei noch nichts kleiner.

Der Arzet schaut ihm in Bauch und spricht:

Ja freilich, hierin sitzt noch einer.
Halt, Lieber, halt! ietz kummt er auch.

Der Krank schreit:

Du tust mir weh an meinem Bauch.

Der Knecht spricht:

Potz Leichnam, halt und tu dock harrn!
Schau, wie ein viereckichten Narrn!
Sag! hat er dich nit hart gedrücket?

Der Krank spricht:

Ja freilich; nun bin ich erquicket.
Nun weßt ich ie auch geren, wer
der groß vierecket Narr auch wär.

Der Arzt reckt ihn in der Zangen auf und spricht:

Das ist der Narr der Geizigkeit,
der dich hat drücket lange Zeit
mit Fürkauf, arbeitn, reim und laufn,
mit sparen, kratzen alls zu Haufen,

das noch ein ander wird verzehren,
der dir günnt weder Guts noch Ehren.
Ist das denn nit ein bitter Leidens
kein Narren mehr schneiden!

Der Krank greift in die Seiten und spricht:

Herr Doktor, hie tut mich noch nagen
ein Narr; den hab ich lang getragen.

Der Knecht:

Hört, hört! der nagt gleich wie ein Maus.

Der Arzt greift hinein, zeucht ihn mit der Zangen heraus und
spricht:

Schau! ich hab diesen auch heraus.

Der Krank:

Mein lieber Herr, wer ist derselb
Narr, so dürr, mager, bleich und gelb?

Der Arzet spricht:

Schau! dieser ist der neidig Narr.
Der machet dich so untreu gar.
Dich freut des Nächsten Unglück
und brauchest viel hämischer Tück.
Des Nächsten Glück das bracht dir Schmerz.
Also nugst du dein eigen Herz.
Mich wundert, daß der gelb Unflat
dein Herz dir nit abgfressen hat.

Der Krank:

Herr Doktor, es ist endlich wahr;
er hat mich fressen lange Jahr.

Der Knecht:

Mein Gsell, schau selb und prüf dich sehr,
ob du nit habst der Narren mehr!
Es ist dir ie dein Bauch noch groß.

Der Krank greift sich und spricht:

Da gibt mir einer noch ein' Stoß,
was mag das für ein Narr geseint
Nur her! greift mit der Zangen nein!

Der Arzt greift nein und reißt. Der Krank schreit:

O weh! laßt mir den länger drinnen!

Der Arzt zeigt ihm den Narren und spricht:

Ei halt! du kämst von deinen Sinnen.
Schau! wie kummt so ein groß Gemeusch?
Das ist der Narr der Unkeusch.
Mit tanzen, buhlen und hofieren,
meiden und sehnen tät dich vexieren.
Meinst, dein Sach wär heimlich aufs best,
so es all Menschen von dir weßt.
Des mußt noch Schand und Schaden leiden,
tät ich den Narrn nit von dir schneiden.

Der Krank:

Ich mein, daß d' ein Zigeuner seist,
weil all mein Heimlichkeit du weißt.
Noch dünkt mich, so steck einer hinten.
Mein Herr, schaut, ob Ihr ihn möcht' finden!

Der Arzt greift mit der Zangen hinein und spricht:

Potz Angst, wie ist der Narr so feucht!
Er wehret sich und vor mir fleucht.
Ich muß ihn mit Gewalt rauszücken.

Der Krank schreit:

weh! du tust mir weh am Rücken.
Laßt mir'n! er hat mich lang ernährt.

Der Arzet reckt den Narren auf und spricht:

Der hat dir schier dein Gut verzehrt.
Es ist der Narr der Füllerei,
der dir lang hat gewohnet bei
und dich gemachet hat unmäßig,
vernascht, versuffen und gefräßig,
dein Leib bekränkt, dein Sinn beschwert,
dein Magen gfüllt, dein Beutel gleert,
bracht dir Armut und viel Unrats,
was wolltst du länger des Unflats?

Der Krank:

O dieser Narr reut mich erst sehr.

Der Knecht:

Meinst, du hast keinen Narren mehr?

Der Krank:

Ich hoff: sie sind nun all heraus.
Heft' mich zu! laßt mich heim zu Haus!

Der Knecht lost und spricht:

Mich dünkt, ich hör noch einen kronen.
Herr Doktor, Ihr dürft sein nit schonen.

Er ist noch stark und mags wohl leiden.
Tut ihm den Narren auch rausschneiden!

Der Arzet greifet nein und spricht:

Halt her! laß mich den auch rausbrechen!
Der tut mir in die Zangen stechen.
Knecht, hilf mir festhalten die Zangen!
Laß uns den Narren herausfangen!

Der Krank:

O weh! der sticht mich in die Seiten.
Reißt ihn heraus! helft mir beizeiten!

Der Arzet spricht:

Halt still! sei guter Ding und harr!
Das ist der schellig, zornig Narr,
daß du mochtst niemand übersehen,
viel Häder und Zänk tätst du andrehen,
in Gsellschaft machtest viel Aufruhr,
dein Haut dir oft zerbleuet wur.
Was wolllest du denn des Dildappen?

Der Krank:

Ei Lieber, laßt mich heimhin sappen!
Es hats ietz gar; Heft' mich nur zu!

Der Knecht:

Mein guter Freund, hast du ietzt Ruh?
Zwickt dich ietzund gar keiner meh?

Der Krank:

Im Rück tut mir noch einer weh.
Der ist wohl als ein groß Backscheit.
Helft mir des ab! es ist groß Zeit.

Der Arzet greifet nein und spricht:

So halt nur stet und sei auch keck!
Schau zu! wohl wehret sich der Geck.

Er zeucht ihn raus. *Der Knecht* spricht:

Schau zu, wie Hecht der Narr den Kopf!

Der Arzet spricht:

Es ist der allerfäulest Tropf.
Hat dich gemacht in alle Weg
hinlässig, werklos, faul und träg,
langweilig, schläfrig und unnütz,
verdrossen, aller Ding urdrütz.
Hätt ich dir'n nit geschnitten ab,
er hätt dich bracht an Bettelstab.
Mein guter Mann, nun sag an mir!
Entpfindst du keins Narrn mehr in dir?

Der Krank greift sich und spricht:

Kein Narr mich in dem Bauch mehr kerrt.
Doch ist mein Bauch noch groß und härt.
was das bedeut, ist mir verborgen.

Der Arzt greift den Bauch und spricht:

Sei guter Ding und laß mich sorgen!
In dir steckt noch das Narrennest.
Sei keck und halt dich an gar fest!
Du mußt noch ein Walkwasser leiden.
Ich will das Nest auch von dir schneiden.

Der Krank:

O langt mir her ein Rebensaft!
Mir ist entgangen all mein Kraft.
Ich sitz da in eim kalten Schweiß!
Zu halten ich gar nit mehr weiß,
O laßt mir nur das Nest zufried!

Der Knecht:

Mein Freund, du verstehst wahrlich nit.
Schnitt man das Nest dir nit heraus,
so brütest du jung Narren aus.
So würd dein Sach denn wieder bös.

Der Krank spricht:

So schneid mich nur nit in das Krös!
So will ich gleich die Marter leiden,
das Nest auch von mir lassen schneiden.

Der Arzt greift mit der Zangen nein und spricht:

Halt fest, halt fest, Lieber! halt fest!
Es ist so groß und ungelachsen
und ist im Leib dir angewachsen.
Schau! ietzund kummt der groß Unfurm.
Schau, wie ein wilder wüster Wurm!
Schau, wie tut es voll Narren wimmeln,
oben und unten alls von krimmeln!
Die hättst du alle noch geborn.

Der Krank:

Was wären das für Narren worn?

Der Knecht:

Allerlei Gattung, als falsch Juristen,
Schwarzkünstner und die Alchamisten,
Finanzer, Alifanzer und Trügner,
Schmeichler, Spottfeller und Lügner,
Wundrer, Egelmeir und Läunisch,
Grob, Ölbrer, Unzüchtig und Heunisch,
Undankbar, Stscknarrn und Gech,
Fürwitzig, Leichtfertig und frech,
Kronet und Grämisch, die allzeit sorgen,
bös Zahler, die doch geren borgen,
Eifrer, so hüten ihrer 8rauen,
die ohn Not rechten und ohn Nutz bauen,
Spieler, Bögschützen und Waidleut,
die viel vertun nach kleiner Beut,
Summa summarum, wie sie nannt
Doktor Sebastianus Brant,
in seinem Narrenschiff zu fahren.

Der Arzet spricht:

Vor solchen Narrn uns zu bewahren,
mein Knecht, so wirft das Unziefer
in die Pegnitz hinein, ie tiefer,
ie besser's ist, und laß sie baden!

Der Krank spricht:

Mein Herr, heft' mir zu meinen Schaden!
Mich dünkt: ietz hab ich gute Ruh.

Der Arzet heft ihn zu und spricht:

So halt! ich will dich heften zu.
Nun magst du wohl fröhlich aufstehn.
Schau! kannst du an dein Krücken gehn?

Der Krank steht auf und spricht:

Mein Herr, ich bin gar gsund und ring,
vor Freuden ich gleich hüpf und spring.
Wie hätten mich die Narren bsessen?
Sagt! hält ichs trunken oder gessen?
Fort wollt ich meiden solche Speis.

Der Arzt:

Weißt nit? man spricht nach alter Weis,
daß iedem gfällt sein Weis so wohl,
des ist das Land der Narren voll.
Von dem kamen die Narren dein,
daß dir gefiel dein Sinn allein
und ließt beim eigen Willen Raum.
Hieltst dich selbert gar nit im Zaum,
was dir gefiel, das tätst du gleich.

Der Krank:

O Herr Doktor gar künstenreich,
ich merk: Euer Kunst die ist subtil.
Ich tät ie alls, was mir gefiel,
es brächt mir gleich Nutz oder Schaden.
Nun ich der Narren bin entladen,
so will ich fürbaß weislich handeln,
fürsichtiglich leben und wandeln
und folgen guter Lehr und Rat.
O wie an Zahl in dieser Stadt
weiß ich armer und reicher Knaben,
die auch mein schwere Krankheit haben,
die doch selber empfinden nicht,
noch wissen, was ihn' doch gebricht.
Die will ich all zu Euch bescheiden,
daß Ihr ihn' müßt den Narren schneiden.
Da werdt Ihr Gelds gnug überkummen.
Weil Ihr von mir nichts hat genommen,
sag ich Euch Dank Euer milden Gab.
Alde! ich scheid mit Wissen ab.

Er geht ab. Der Knecht schreit aus:

Nun hört! ob indert einer wär,
der dieser Arzenei begehr,
der such uns in der Herberg hie
bei eim, der heißt, ich weiß nit wie.
Dem wöll wir unser Kunst mitteiln
und an der Narrensucht ihn heiln.

Der Arzet beschleußt:

Ihr Herrn, weil Ihr ietz habt vernummen
viel Narren von dem Kranken kummen,
die bei ihm wuchsen vor viel Jahren,
vor solcher Krankheit zu bewahren,
laß ich zuleyt ein gut Rezept:
Ein ieglicher, dieweil er lebt,
laß er sein Vernunft Meister sein
und reit sich selb im Zaum gar fein
und tu sich fleißiglich umschauen
bei Reich und Arm, Mann und Frauen,
und wem ein Ding übel ansteh,
daß er desselben müßig geh,
richt sein Gedanken, Wort und Tat
nach weiser Leute Lehr und Rat!
Zu Pfand setz ich ihm Treu und Ehr,
daß alsdenn bei ihm nimmermehr
gemeldter Narren keiner wachs,
wünscht Euch mit guter Nacht Hans Sachs.

Der fahrend Schüler im Paradeis.

Die Person in das Spiel:

Der fahrend Schüler
Der Baur
Die Bäurin

Die Bäurin gehet ein und spricht:

Ach, wie manchen Seufzen ich senk,
wenn ich vergangner Zeit gedenk,
da noch lebet mein erster Mann,
den ich ie länger lieb gewann,
dergleich er mich auch wiederum,
wann er war einfältig und frumm.
Mit ihm ist all mein Freud gestorben,
wiewohl mich hat ein andr erworben.
Der ist meim ersten gar ungleich,
er ist karg und will werden reich,
er kratzt und spart zusamm das Gut,
hab bei ihm weder Freud noch Mut.
Gott gnad noch meinem Mann, dem alten,
der mich viel freundlicher tät halten;
künnt ich ihm etwas Guts noch tan,
ich wollt mich halt nit säumen dran.

Der fahrend Schüler gehet ein und spricht:

Ach liebe Mutter, ich kumm herein,
bitt, laß mich dir befohlen sein,
mit deiner milden Hand und Gab;
wann ich gar viel der Künste hab,
die ich in Büchern hab gelesen.
Ich bin in Venusberg gewesen,
da hab ich gsehen manchen Buhler;
wiß, ich bin ein fahrender Schuler
und fahr im Lande her und hin.
Von Paris ich erst kummen bin
itzund etwa vor dreien Tagen.

Die Bäurin spricht:

Secht, lieber Herr, was hör ich sagen,
kummt Ihr her aus dem Paradeis?
Ein Ding ich fragen muß mit Fleiß,
habt Ihr mein Mann nicht drin gesehen?
Der ist gestorben in der Nähen,
doch fast vor einem ganzen Jahr,
der so frumm und einfältig war;
ich hoff ie, er sei drein gefahren.

Der fahrend Schüler spricht:

Der Seel so viel darinnen waren;
mein Frau, sagt, was hat Euer Mann
für Kleider mit ihm gführt darvan?
Ob ich ihn darbei möcht erkennen.

Die Bäurin spricht:

Die kann ich Euch gar bald genennen:
Er hätt ach auf ein blaben Hut
und ein Leilach, zwar nit fast gut,
darmit hat man' zum Grab bestätt'.
Kein ander Kleidung er sunst hätt,
wenn ich die Wahrheit sagen soll.

Fahrend Schüler spricht:

O liebe Frau, ich kenn ihn wohl,
er geht dort um ohn Hosn und Schuch
und hat an weder Hem noch Bruch,
sonder wie man ihn legt ins Grab;
er hat auf seinen Hut blitschblab
und tut das Leilach um sich hüllen,
wenn ander prassen und sich füllen,
so hat er gar kein pfenning nicht.
Alsdenn er so sehnlich zusicht
und muß nur des Almusen leben,
was ihm die andern Seelen geben;
so elend tut er dort umgahn.

Die Bäurin spricht:

> Ach, bist so elend dort, mein Mann,
> hast nit ein Pfenning in ein Bad?
> Nun ists mir leid, auch immer schad,
> daß du sollt solche Armut leiden.
> Ach, lieber Herr, tut mich bescheiden,
> werdt Ihr wieder ins Paradeis?

Der fahrend Schüler spricht:

> Morgen mach ich mich auf die Reis'
> und kumm hinein in vierzeh Tagen.

Die Bäurin spricht:

> Ach, wollt Ihr etwas mit Euch tragen,
> ins Paradeis bringen meim Mann?

Der fahrend Schüler spricht:

> Ja, Frau, ich will es geren tan,
> doch was ihr ton wöllt, tut mit Eil.

Die Bäurin spricht:

> Mein Herr, verziecht ein kleine Weil,
> zusammen will das suchen ich.

Sie geht aus.

Der fahrend Schüler redt mit ihm selb und spricht:

> Das ist ein recht einfältig Viech
> und ist gleich eben recht für mich,
> wenn sie viel Gelds und Kleider brächt,
> das wär für mich alls gut und recht,
> wollt mich bald mit trollen hinaus,
> eh wann der Bauer käm ins Haus.

Er wird mir sunst mein Sach verderben;
ich hoff, ich wöll den Alten erben.

Die Bäurin bringet ihm ein Bürlein und spricht:

Mein Herr, nun seid ein guter Bot,
nehmet hin die zwölf Gülden rot,
die ich lang hab gegraben ein
da außen in dem Kuhstall mein,
und nehmet auch das Bürlein an
und bringt das alles meinem Mann
in iene Welt ins Paradeis,
darin er finden wird mit Fleiß
zu einem Rock ein blobes Tuch,
Hosen, Joppen, Hem und Truch,
sein Taschen, Stiefl, ein langes Messer.
Sagt ihm, zum nächsten wärs noch besser,
ich will ihn noch mit Geld nit lassen.
Mein Herr, fürdert Euch auf der Straßen,
daß er bald aus der Armut kumm,
er ist ie einfältig und frumm,
ist noch der liebst unter den zweien.

Der fahrend Schüler nimmet das Bürlein und spricht:

O wie wohl wird ich ihn erfreuen,
daß er mit andern am Feirtag
etwan ein Urten trinken mag,
auch spieln und ander Kurzweil treiben.

Die Bäurin spricht:

Mein Herr, wie lang werdt Ihr ausbleiben,
daß Ihr mir bringt ein Botschaft wieder!

Der fahrend Schüler spricht:

O ich kumm so bald nicht herwieder,
wann der Weg ist gar hart und weit.

Die Bäurin spricht:

> Ja so, möcht ihm in mittler Zeit
> etwan wiederum Gelds gebrechen
> zu baden, spielen und Wein zechen,
> bringt ihm auch die alt böhmisch Groschen.
> Wenn wir nun haben ausgedroschen,
> kann ich bald wieder Geld abstehlen
> und das vor meinem Mann verhehlen,
> daß ichs in dem Kuhstall eingrab,
> wie ich auch dies behalten hab.
> Seht, habt Euch den Taler zu Lahn
> und grüßt mir fleißig meinen Mann.

Der fahrend Schüler gehet ab.

Die Bäurin hebet an zu singen laut:

> Bauren-Maidlein, laß dirs wohlgefallen.

Der Baur kummet und spricht:

> Alta, wie daß so fröhlich bist,
> sag mir bald, was die Ursach ist!

Die Bäurin spricht:

> Ach lieber Mann, freu dich mit mir,
> groß Freud hab ich zu sagen dir.

Der Bauer spricht:

> Wer hat das Kalb ins Aug geschlagen!

Die Bäurin spricht!

> Ach soll ich nit von Wunder sagen!
> Ein fahrend Schüler mir zu frummen
> ist aus dem Paradeis herkummen,

der hat mein alten Mann drin gsehen,
und tut auf seinen Eid verjehen,
wie er leid so große Armut,
hab nichts denn seinen bloben Hut
und das Leilach in jener Welt,
weder Rock, Hosen oder Geld.
Das glaub ich wohl, daß er nichts hab,
denn wie man ihn legt in das Grab.

Der Baur spricht:

Wollst nicht etwas schicken deim Mann?

Die Bäurin spricht:

O lieber Mann, ich habs schon tan,
ihm geschickt unser blabes Tuch,
Hosen, Joppen, Hem, Stiefl und Bruch,
auch für ein Gülden kleines Geld,
daß er ihms brächt in jene Welt.

Der Bauer spricht:

Ei, du hast der Sach recht getan,
Wo ist hinauszogen der Mann,
den du die Ding hast tragen lassen?

Die Bäurin spricht:

Er zog hinaus die untern Straßen,
es trägt der Schüler hocherfahrn
an seinem Hals ein gelbes Garn
und das Bürlein auf seinem Rück.

Der Baur spricht:

Ei nun walt dein alls Ungelück,
du hast ihm zu weng Geldes geben,
er kann nit lang wohl darvon leben.

Geh, heiß mirs Roß satteln beizeiten,
ich will ihm gehn eilend nachreiten,
ihm noch ein zehen Gülden bringen.

Die Bäurin spricht:

Mein Mann, hab Dank mit diesen Dingen,
daß du meim Altn bist günstig noch!
Wills Gott, ich wills verdienen doch,
dir auch nachschicken meinen Schätz.

Der Baur spricht:

Was darf es viel unnütz Geschwätz?
Geh, heiß mirn Knecht satteln das Roß,
eh dann der Fremd kumm an das Moos.

Die Bäurin gehet naus.

Der Baur spricht zu ihm selb:

Ach, Herr Gott, wie hab ich ein Weib,
die ist an Seel, Vernunft und Leib
ein Dildapp, Stockfisch, halber Narr,
ihrsgleich ist nit in unser Pfarr,
die sich läßt überreden leider
und schickt ihrem Mann Geld und Kleider,
der vor eim Jahr gestorben ist,
durch des fahrenden Schülers List.
Ich will nachreitn, tu ich ihn erjagn,
so will ich ihm die Haut voll schlagn,
ihn niederwerfen auf dem Feld,
ihm wieder nehmen Kleidr und Geld,
damit will ich denn heimwärts kehrn
und mein Weib wohl mit Fäusten bern,
des Bloben geben um die Augen,
daß sie ihr Torheit nit künn laugen.
Ach, ich bin halt mit ihr verdorben!
Ach, daß ich hab um sie geworben,

das muß mich reuen all mein Tag,
ich wollt, sie hält Sankt Urbans Plag.

Die Bäurin schreit draußen:

Sitz auf, das Roß ist schon bereit,
fahr hin, und daß dich Gott beleit!

Sie gehen beide ab.

Der fahrend Schüler kummet mit dem Bürlein und spricht:

Wohl hat gewollt das Glück mir heut,
mir ist geratn ein gute Beut,
daß ichs den Winter kaum verzehr.
Hätt ich der einfälting Bäurinn mehr,
die mich schickt' in das Paradeis!
Wär schad, daß sie all wären weis!
Potz Angst, ich sieh dort ein' von weiten
auf eim Roß mir eilend nachreiten.
Ists nicht der Baur, so ists ein Plag,
daß er mir's Dinglich wiedr abjag.
Ich will das Bürlein hie verstecken
ein Weil in diese Dorenhecken,
nun kann er ie mit seinem Roß
nit zu mir reiten in das Moos,
er muß vor dem Graben absteigen.
Ja, er tus gleich, nun will ich schweigen,
mein Garn in Busen schieben frei,
auf daß er mich nit kenn darbei,
will leinen mich an meinen Stab,
sam ich auf ein' zu warten hab.

Der Baur kummt gesport und spricht:

Glück zu, mein liebs Männlein, Glück zu!
Hast nit ein' sehen laufen du,
hat ein gelbs Strähnlein an dem Hals

und trägt auf seinem Rück nachmals
ein kleines Bürlein, das ist blab?

Der fahrend Schüler spricht:

Ja, erst ich ein' gesehen hab,
der lauft ein übers Moos gen Wald,
er ist zwar zu ereilen bald,
ietzt geht er hinter jener Stauden
mit Blasen, Schwitzen und mit Schnauben,
wann er trägt an dem Bürlein schwer.

Der Baur spricht:

Es ist bei meim Eid eben der!
Mein liebs Männlein, schau mir zum Roß,
so will ich zu Fuß übers Moos
dem Böswicht nacheiln und ihn bleuen,
daß ihn sein Leben muß gereuen,
er soll es keinem Pfaffen beichten.

Der fahrend Schüler spricht:

Ich muß da warten auf ein Gweichten,
welcher kummt nachher in der Nähen.
Will Euch dieweil zum Roß wohl sehen,
bis daß Ihr tut herwieder lenken.

Der Baur spricht:

So will ich dir ein Kreuzer schenken.
Hüt, daß mir's Pferd nit laufet werd.

Der Bauer gehet ab.

Der fahrend Schüler spricht:

Lauft hin, sorgt nur nicht um das Pferd,
daß Ihr ein Schaden findet dran.

Das Roß wird mir recht, lieber Mann.
Wie fröhlich scheint mir heut das Glück,
vollkummentlich in allem Stück:
Die Frau gibt mir Rock, Hosn und Schuh,
so gibt der Mann das Roß darzu,
daß ich nit darf zu Fußen gähn.
O, das ist ein barmherzig Mann,
der geht zu Fuß, läßt mir den Gaul,
er weiß leicht, daß ich bin stüdfaul.
O, daß der Baur auch solcherweis
auch stürb und führ ins Paradeis,
so wollt ich gwiß von diesen Dingen
ein gute Beut darvon auch bringen.
Doch will ich nit lang Mist da machen;
wann käm der Bauer zu den Sachen,
so schlüg er mich im Feld darnieder
und nähm mir Geld und Kleider wieder;
will eilend auf den Grama sitzen
und in das Paradeis nein schmitzen,
ins Wirtshaus, da die Hühner braten,
den Baurn lassen im Moos umwaten.

Der fahrend Schüler nimmet sein Bürlein, gehet ab.

Die Baurin kummet und spricht:

Ach, wie ist mein Mann so lang aus,
daß er nit wieder kummt zu Haus.
Ich bsorg, er hab des Wegs verfehlt,
daß meim Alten nit werd das Geld. –
Potz Mist, ich hör den Schultheß blasen.
Ich muß gehn bald mein Säu auslassen.

Die Bäurin gehet ab.

Der Bauer kummt, sicht sich um und spricht:

Potz Leichnamangst, wo ist mein Pferd?
Ja, bin ich frumm und ehrenwert,
so hat mir's der Böswicht hingritten,

er daucht mich sein tückischer Sitten,
hat auch das Geld und Kleider hin.
Der größt Narr ich auf Erden bin,
daß ich traut diesem Schalk vertrogen.
Schau, dort kummt auch mein Weib herzogen,
ich darf ihr wohl vom Roß nit sagen,
ich drohet ihr vor hart zu schlagen,
daß sie so einfältig halt eben
dem Landsbescheißr das Dinglich geben,
und ich gab ihm doch selb das Pferd,
viel größer Streich wär ich wohl wert,
weil ich mich klüger dünk von Sinnen.
Ich will etwan ein Ausred sinnen.

Die Bäurin kummt und spricht:

Schau, bist zu Fußen wieder kummen,
hat er das Geld von dir genummen?

Der Baur spricht:

Ja, er klagt mir, der Weg wär weit,
auf daß er kumm in kurzer Zeit
ins Paradeis, zu deinem Mann,
das Pferd ich ihm auch geben han,
daß er geritten kumm hinein,
bring auch das Pferd dem Manne dein.
Mein Weib, dab ich nit recht getane?

Die Bäurin spricht:

Ja, du mein herzenlieber Mann,
erst vermerk ich dein treues Herz.
Ich sag dir das in keinem Scherz,
wollt Gott, daß du auch stürbest morgen,
daß du nur sähest unverborgen,
wie ich dir auch geleicher Weis
nachschicken wollt ins Paradeis,
nichts ich so weit zu hinterst hätt,

das ich dir nit zuschicken tät:
Geld, Kleider, Kälber, Gäns und Säu,
daß du erkennest auch mein Treu,
die ich dir hintn und voren trag.

Der Bauer spricht:

Mein Weib, nichts von den Dingen sag,
solch geistlich Ding soll heimlich sein.

Die Bäurin spricht:

Es weiß schon die ganz Dorfgemein.

Der Baur spricht:

Ei, wer hats ihn' gesagt so bald?

Die Bäurin spricht:

Ei, eh du neinrittst in den Wald,
hab ichs gesagt von Trum zu End,
was ich meim Mann hab hingesendt
ins Paradeis, gar mit Andacht.
Ich mein, sie haben mein gelacht
und sich alle gefreut mit mir.

Der Baur spricht:

Ei, das vergelt der Teufel dir!
Sie haben all nur dein gespott'!
Wie hab ich ein Weib, lieber Gott! –
Geh nein, richt mir ein Millich an.

Die Bäurin spricht:

Ja, kumm hernach, mein lieber Mann.

Die Bäurin gehet aus.

Der Baur beschleußt:

> Der Mann kann wohl von Unglück sagen,
> der mit eim solchn Weib ist erschlagen,
> ganz ohn Verstand, Vernunft und Sinn,
> geht als ein tolles Viech dahin,
> baldglaubig, toppisch und einfältig,
> der muß er liegn im Zaum gewaltig,
> daß sie nicht verwahrlos sein Gut.
> Doch weil sie hat ein treuen Mut,
> kann er sie desterbaß gedulden,
> wann es kummt auch gar oft zu Schulden,
> daß dem Mann auch entschlüpft ein Fuß,
> daß er ein Federn lassen muß,
> etwan leid Schaden durch Betrug,
> daß er auch ist nit weis genug.
> Denn zieh man Schad gen Schaden ab,
> darmit man Fried im Ehstand hab
> und kein Uneinigkeit aufwachs;
> das wünschet uns allen Hans Sachs.

Der bös Rauch.

Die Personen in das Spiel:

Der Mann
Das Weib
Der Nachbaur

Der Mann geht ein, neigt sich und spricht:

Ihr ehrbarn Herrn, ein guten Tag!
Ich bitt, vernehmet hie mein Klag
über mein bitterböses Weib,
die täglich peinigt meinen Leib!
Bei lag und Nacht, zu Bett und Tisch
sind mir Kifferbeis allzeit frisch,
und füllt mich der so voll und spott',
wiewohl mich gar oft brennt der Sod.
Eh ich ein Richt verdäuet han,
so richt sie mir ein andre an.
Kifferbesspeis gibts mir mit Haufen,
daß mir oft d' Augen überlaufen.
Derhalb wär mir nützer und lieber,
daß ich hält das viertäglich Fieber,
hält ich etwan ein guten Tag;
aber bei meinem Weib ich mag
haben gar kein geruhte Stund.
Nicht weiß ich, wie ihm wär zu tund,
daß ich möcht haben Fried und Ruh.
In Treuen bin ich kummen zu
euch allen, um Hülf und um Rat.

Der Nachbaur:

Nachbaur, du schreist um Hülf zu spat,
wann du hast deim Weib allermaßen
erstlich den Zaum zu lang gelassen.
Da sie dein Einfalt hat gemerkt,
ist sie dardurch worden gestärkt,
der Herrschaft sich genommen an,
ist also blieben Herr und Mann.
Derhalben ist die Schuld selbs dein.

Der Mann:

Du sagst wahr, lieber Nachbaur mein!
Ich hab mich ja darmit versäumt,
daß ichs erstlich nicht hab gezäumt.
Ich hätt sie lieb, ließ mir gefallen,

was sie nur wollt und tat, in allen,
und ließ mein Weib sein Herr und Mann,
nahm mich der Herrschaft gar nicht an.
Derhalb ich seither gar durchaus
der Narr hab müssen sein im Haus.
Des ich seither hab dieser Sachen
im deutschen Hof den Schweinenbachen
nit holen dörfen, auf mein Eid.

Der Nachbaur:

Mein Nachbaur, dein Elend ist mir leid.
Ich hab längst wohl gemerkt allein,
daß du der Narr im Haus mußt sein.

Der Mann:

Ich bitt: gib aber Rat nach dem,
wie ich doch selber überkäm
die Herrschaft und würd Herr und Mann.

Der Nachbaur spricht:

Mein Nachbaur, du mußt also tan:
nimm ein Mannsherz in deinen Leib
und beut ein Kampf an deinem Weib,
du wöllst dich weidlich mit ihr schlagen,
weliches söll die Bruch antragen;
und welches in dem Kampf erlieg,
daß das ander gewinn den Sieg
und sei denn Herr und Mann im Haus!
So kummst du auf das kürzt daraus.
Ich weiß kein ander Hüls noch Rat.

Der Mann:

Ich förcht mich aber in der Tat,
weil noch der Sieg steht in dem Zweifel.

Mein Weib ist gar ein böser Teufel.
Doch rätst du mirs, so will ichs wagen.

Das Weib kummt, so spricht der Nachbauer:

Dein Weib kummt; tu ihrn Kampf ansagen!

Der Nachbauer geht aus.

Der Mann:

Hör, Weib! du bist bisher durchaus
gewesen Herr und Mann im Haus,
dasselb ich nicht mehr leiden kann.

Das Weib:

So leg dich an Rück, lieber Mann,
und zappel dich darum zu Tod!

Der Mann:

Ich will nicht mehr leiden den Spott,
ich will dich auf dein Maul klopfen.

Das Weib zeigt ihm die Feign:

Zeuch mir den herdurch, allers Tropfen,
und knüpf mir einen Knoten dran!

Der Mann:

Ich will letzt auch sein Herr und Mann,
wie du vor bist gewest bisher.

Das Weib zeigt ihm den Esel:

Schau, mein Mann! rat! wieviel sind der'?

Der Mann ist zornig:

> Ich will sein Herr, das sollt du wissen.

Das Weib krümmts Maul:

> Schau, wie hat mich der Hahn gebissen!

Der Mann noch zorniger:

> Kurzum, du mußt mich halten tan
> für deinen Herren und dein' Mann,
> und heut, ich will nicht länger harrn.

Das Weib:

> Ich halt dich gleich für einen Narrn,
> wie ich dich denn bisher auch hielt.

Der Mann:

> Wenn d' mich nit anderst halten willt,
> so wöll wir miteinander schlagn,
> weliches soll die Bruch antragn.
> wer obliegt, der sei Herr im Haus!

Das Weib:

> So mach nur nicht viel Teidung draus!
> Geh! bring zween Prügel mir und dir!
> So wölln einander bleuen wir.
> Und welches in dem Kampf obleit,
> sei darnach Herr und Mann allzeit
> und trag die Bruch ohn alls Einreden.

Der Mann:

Das sei beschlossen zwischn uns beeden!
Ich will gehn naus, zween Prügel bringen.

Der Mann geht aus. So spricht sie:

Mein Mann der tut nach Unglück ringen,
hat ein Herz wie ein Wassersuppen.
Ich will ihn bringen recht in d'Kluppen.
Mit Worten tu ich ihn erregen,
wieviel mehr will ich ihn mit Schlägen
überwinden, schiebn unter d'Bank!
Er ist wahrlich dem Kampf zu krank.
Weil ihn mein Zung tät überwinden,
soll er auch meiner Händ empfinden.

Der Mann bringt die Prügel:

Seh, Weib! zween gleich Prügel wir han.
welchen du willt, den nimme an
und tu mich in dem Kampf nicht sparn!

Das Weib zückt ein Prügel:

Ja, endlich du sollt es erfahrn,
daß ich dein mitnichten will fehln.
Ich will die Flöch dir fein absträhln,
daß du lang wirst mein darbei denken.

Der Mann henkt die Bruch auf:

Die Bruch die will ich da aufhenken,
darnach die Hälmlein ziehn vorab,
wer unter uns den Vorstreich hab.

Das Weib schlägt auf ihn:

Ich kann auf dein Hälmziehn nicht harrn.
Flugs wehr dich nur, mein allers Narrn!

46

Der Mann wehrt sich ein wenig, fleucht, darnach reckt er beide Händ auf:

Hör auf, liebs Weib! ich gib dir gwunnen.
Es ist mir in der Kunst zurunnen.
Sei du nur fürbaß Herr und Mann!
Ich will dir gar sein untertan,
im Haus wie ein alt Weib umzaspen,
spinnen, Garn winden und abhaspen,
spülen, kehren, betten und waschen,
sudeln und prudeln in dem Aschen,
will kein Faust über dich mehr zucken.

Das Weib:

Tut dich der Buckel wieder jucken,
so magst du dich wohl an mich reiben.
Du sollt mir in dem Haus nit bleiben.
Heb dich naus, weil ich gwunnen hab!
Odr ich wirf dich all Stiegen ab.
Flugs, troll dich, weil es ist so gut!
Also man Windelwaschern tut.

Der Mann geht aus; sie nimmt die Bruch, hebt sie in der Hand auf:

Nun ich die Bruch gewunnen han
und aushin bissen meinen Mann;
der sitzt da unten vor dem Haus.
Ich will gehn in die Küchen naus
und mit Spülwasser ihn begießen,
daß über sein Leib ab muß fließen,
will ihm gleich den Weichbrunnen geben
und ihn darmit laben darneben.

Sie geht aus, der Mann kummt und setzt sich traurig;

Ach Gott, wie hab ich nur ein Weib!
wie hat sie mir zugricht' mein Leib

voll Beulen und voll blaber Flecken!
Und als ich entrann ihrem Stecken,
aus den grausamen Donnerschlägen
kam hernach auf mich ein Platzregen.

Der Nachbaur:

Sich, Nachbaur! wie sitzt du allein
so traurig hie auf deinem Stein;
Wie tropfst und bist so gar triefnaß;
Was ist die Ursache? sag mir das!

Der Mann:

Ach, mein Schlat der fing an zu brinnen.
Da hab ich lang gerettet innen
und ward also durchnetzet auch,
bis mich zuletzt doch der bös Rauch
gar hat aus meinem Haus gebissen.

Der Nachbaur:

Warum hast michs nit lassen wissen?
Ich wollt dir sein gestanden bei.
Ich will gehn sehen, ob doch sei
in deinem Schlat gedämpft das Feur.

Der Nachbaur geht aus. So spricht der Mann;

Lauf hin! besteh dein Abenteur!
Ich aber hab der Biren gnung.
Dir wird auch werden ein Ehrtrunk.
Ich will nachschleichn und hören zu,
wie dich mein Weib empfahen tu.

Der Mann schleicht nach hinaus. So geht das Weib ein:

Mein Narr sitzt unten vor dem Haus
und sicht wie ein getaufte Maus.

Sein Mannheit ist ihm gar erlegen.
Nach der Bruch wird er nit mehr frägen.
Mich dünkt, ich hör ihn aufher sappen.
Kummt er, ich kauf ihm noch ein Kappen.

Der Nachbaur kummt mit eim Schaff mit Wasser; die Frau schlägt
auf ihn, so spricht er:

Ach, Nachbäurin, tut Ihr mich schlagen?
Ich wollt Euch Wasser hiezutragen.
Eur Mann sagt, der Schlat brinn im Haus.

Das Weib:

Du wärest zwar wohl blieben daus.
Hab dir halt diese Schlappen dran!
Wiewohl ich meint, es wär mein Mann.
Troll dich l willt du das Feuer leschen,
so will ich um den Kopf dich wäschen.

Der Nachbaur:

Alde, alde, ich scheid mit Wissen:
Der bös Rauch hat mich auch nausbissen.
Ich mein, ich hab sein auch empfunden.

Er geht aus. Die Frau:

Ich will naus; sitzt mein Mann noch unten,
so will ich ihm gleich noch verwegen
auch geben Sankt Johannes' Segen,
mit einer warmen Kammerlaugen
erfrischen ihm die seinen Augen.

Das Weib geht aus. So kummt der Mann und redt zu ihm selbs:

Nun freu ich mich, daß ich allein
nicht förchten tu die Frauen mein,

sonder mein Nachbaur sie auch fleucht
und gmachsam vor dem Garn abzeucht.

Der Nachbaur:

O Nachbaur, du hast mich betrogen,
mit Worten in dein Haus gelogen.
Ich meint, darin dein Schlat zu leschen.
Dein Weib tät um den Kopf mich wäschen.
Ich meint, du hättst das Feuer dämpft,
so hast mit deinem Weib gekämpft.
Mein Nachbaur, wie ist dir geschehen;
wie hast du den Kampf übersehen,
daß sie hat so durchschlagen dich;

Der Mann:

Ach, sie hat übereilet mich.
Ich wollt erst viel mit ihr ausdingen,
da täts mit Streichen auf mich dringen.

Der Nachbaur:

Wie, daß d' nicht tapfer kämpfest du?

Der Mann:

Ich kunnt vor ihrn Streichen nicht darzu,
so ungefüg schlug sie zu mir.
Eh ich ein Streich tät, tät sie vier,
daß mir geleich das Licht erlasch,
dieweil sie immer auf mich drasch,
bis ich doch endlich mich ergab.

Der Nachbaur:

Nachbaur, ich wollt nicht lassen ab,
um die Bruch noch einmal zu kämpfen,

ob du dein Weib darmit möchtst dämpfen,
daß du doch selbs wärst Herr im Haus.

Der Mann:

O lieber Nachbaur, es ist aus.
Eh ich mein Weib noch mehr wollt schlagen,
wollt eh kein Bruch nicht mehr antragen.
Ich hab des Kampfs eben genung.
Mein Nachbaur, mach mir ein Teidung,
daß mich mein Weib wieder einnühm!

Der Nachbaur:

Wenn sie nicht wär so ungestüm.
Da kummts; ich will sie gleich anreden.

Das Weib:

Was fehlet hie euch allen beeden?
Soll ich euch beid noch baß abbleuen?

Der Nachbaur:

Mein Nachbäurin, bei meinen Treuen,
laßt Euern Zorn! Ich wollt Euch bitten,
wollt an Euch nehmen weiblich Sitten,
still sein mit Worten, hören zu!

Das Weib:

Ich tu itzt, wie ich allmal tu.
Sollt ich dir ietzt ein anders machen?
Ei, daß sein mög ein Sau gelachen!
Wie ist mein Nachbaur so nasweis!

Der Nachbaur:

Mein Nachbäurin, ich bitt mit Fleiß,
wollt Euern Mann einnehmen wieder!
Er ist ie nichts denn fromm und bieder!

Das Weib:

Schau! Hab ich mein Ohren auch noch?
Nu war er heut so freidig doch!
Meint, mir die Bruch gar abzugwinnen.

Der Nachbaur:

Von Friedes wegen bin ich hinnen.
Wöllt das best bei Euch lassen stehn,
Schaden gen Schadn ab lassen gehn!
Was gschchen ist in den Gezänken,
keine dem andern in Arg zu denken.

Das Weib reckt die Bruch auf:

Die Bruch ist gwunnen und ist mein.
Will mein Narr wieder kummen ein
und mein Genad wieder erhaschen,
so muß er darzu Messr und Taschen
mir selber gürten an mein Seiten,
daß ich das trag zu allen Zeiten,
daß ich im Haus sei Herr und Mann.
Sonst will ich ihn nicht nehmen an.

Der Mann legt die Hand zusammen:

Ach liebes Weib, nicht weiter such!
Weil du gewunnen hast die Bruch,
laß mir das Messer und die Taschen!
Man wird mich sonst genug auswaschen.
Ich muß mich schämn vor allen Mannen.
Weil du hast den rechten Hauptfahnen,
so nimm mich ein und sei zu Ruh!

Das Weib:

> Schweig nur und halt dein Waffel zu!
> Willt nicht, so will ichs wieder wagn
> und mich noch einmal mit dir schlagn
> um die Bruch, Taschen und das Messer.

Sie hangt die Bruch wieder auf.

So spricht der Mann:

> Nein, nein, mir ist weger und besser,
> ich geb dir darzu Messer und Taschn,
> denn d' mich baß um den Kopf tätst waschn.

Der Nachbaur:

> Ei, Lieber, sei nicht so verzagt!
> Ich hält ein Gänglein noch gewagt
> mit ihr; gilts doch nicht Leib und Lebn.

Der Mann:

> Seh, ich will dir mein Stecken gebn.
> Bist du so bös, schlag dich mit ihr!
> Wo du die Bruch gwinnst wieder mir,
> will dir ein Dutzet Taler schenkn.

Der Nachbaur:

> Nein, unverworren mit den Schwänkn!
> Sie hat zum Schlagn ein schwere Hand,
> der ich vor durch zween Streich empfand.
> Ich hab ihr gnug, ich geh dahin.

Der Mann gürt' Messer und Taschen ab und reicht ihrs:

> Weil ich denn überwunden bin,
> so hab Taschen und Messer dir!

Das Weib:

> Da mußt sie selbe umgürten mir
> frei öffentlich vor Mann und Frauen,
> daß sie mit ihren Augen schauen,
> daß ich hab ritterlich gewunnen
> und dir sei deiner Kunst zerrunnen.

Der Mann gürt' ihrs um:

> Ich wills auch tun, mein liebes Weib,
> auf daß ich nur zufrieden bleib!
> Willt, ich leg dir die Bruch auch an.

Der Nachbaur:

> Ei, was bist für ein Lumpenmann!
> Ei, wirst denn gar zu einem Torn?
> Ei, schlag sie selber um die Ohrn!
> Wie magst so gar ein Füttin sein!

Das Weib lauft auf ihn:

> Du Maulauf, so wehr dich auch mein!

Der Nachbaur fleucht, sie jagt ihm nach.
Darauf beschleußt der Mann:

> Ach fahr aus, du böses Unziefer,
> unter die Erd, je längr je tiefer,
> auf daß ich Armer werd erlöst!
> Du hast mich ie wohl plagt und g'röst'
> nun fast bis in die dreißig Jahr.
>
> O junger Mann, nimm eben wahr!
> Zeuch erstlich dein Weib an den Orten
> zu Gehorsam mit guten Worten!
> Wo gute Wort nit helfen wöllen,

so tu dich etwas ernstlich stellen,
zu wehrn ihr eigensinnig Art!
Wo sie dir noch hält Widerpart,
so magst du's strafen mit der Zeit,
doch mit Vernunft und Bscheidenheit,
wie man denn spricht: ein frommer Mann
ein ghorsam Weib ihm ziehen kann.
Ich hab es erstlich übersehen;
darum ist mir letzt das geschehen,
daß ich hab so ein böse Ehe,
voll Hader, Zank und Herzenwehe,
voll Widerwillens und Ungmachs.
Hüt dich darfür: rät dir Hans Sachs.

Nachwort.

Die Entstehung der hier wiedergegebenen Fastnachtsspiele fällt in die fünfziger Jahre des 16. Jahrhunderts.

Hans Sachsens Lehr- und Wanderzeit war längst vorüber. Vorüber die Schule des Meistergesangs, mit dessen äußerlicher Technik der Lehrling vertraut gemacht worden war; vorüber die einzige größere Reise, die den Gesellen bis an die Donau und den Rhein geführt hatte. Der Meister saß nun in seiner Nürnberger Werkstatt, den Tag über fleißig bei seinen Leisten, am Feierabend jedoch, nicht minder betriebsam, bei Büchern und Versen, was er in einer Stunde gelesen hatte, formte er »reimensweis« in der andern, wobei er sich oft vom Stoffe beherrschen ließ, anstatt ihn künstlerisch zu gestalten und mit eignem Gehalt zu füllen. Hatte er in früherer Zeit vor allem den Meistergesang gepflegt, im Dienste Luthers dann auch zur Prosa in kerndeutschen Dialogen gegriffen, so zog er allmählich das dramatische Gedicht allem anderen vor und dichtete Tragödien, Komödien und Fastnachtsspiele. Den höheren Ansprüchen eines Dramas war er freilich nicht im entferntesten gewachsen, und so bot er in seinen Tragödien und Komödien nichts weiter als dialogisierte, sonst episch gehaltene Stoffmassen; des Fastnachtsspiels hingegen, das ganz im Ton jener Zeit lag, der auch Hans Sachs mit Leib und Seele zugehörte, ist er Meister geworden wie kein anderer vor oder nach ihm.

Es war die Zeit, da das Bürgertum mehr und mehr hochkam, in Kunst und Wissenschaft eine führende Rolle spielte. Zumal Nürnberg durfte sich seiner führenden Geister freuen: der Behaim und Pirkheimer, der Krafft, Vischer und Stoß, der Wohlgemut, Dürer. Nürnberg wurde nun auch der klassische Boden des deutschen Fastnachtsspiels, einer Gattung, die recht eigentlich bürgerlichen Herkommens ist. Junge Bürger zogen zu Fastnacht von Haus zu Haus, von Kneipe zu Kneipe, um in kurzen Auftritten Typen und Szenen des Alltags in grotesker Übertreibung vorzuführen. Bei diesem Milieu und dieser Stimmung war es kein Wunder, wenn der Scherz obszön, die Szene zur Zote wurde. Auch Rosenplüt und Folz mißbrauchten in dieser· Weise ihre Talente, und erst Hans Sachs erhob das Fastnachtsspiel aus Schlamm und Schmutz zu seiner

Bestimmung. In die losen Szenen brachte er Absicht und Handlung, den Typen gab er Bewegung und Leben, zu Spott und Witz fügte er seinen Humor, Obszönitäten verjagte er mit der Moral. Hierdurch etwas spießbürgerlich geworden, derb und grotesk trotzdem geblieben, bietet sein Fastnachtsspiel eine einfache, aber gewürzte Kost dar, zu der man in Zeiten kultureller Übersättigung gern zurückkehren wird.

Von den mehr als 70 Fastnachtsspielen des Hans Sachs sind hier drei ausgewählt worden. »Das Narrenschneiden«, 1557 entstanden, gibt einen Begriff von der damals so beliebten Narrenliteratur, deren Haupterzeugnis, Brants »Narrenschiff« (1494), von Hans Sachs erwähnt wird. »Der fahrend Schüler im Paradeis« ist 1557 gedichtet und eins der besten Stücke des Dichters. »Der bös Rauch«, aus dem Jahre 1551, ist typisch für die Derbheit und groteske Übertreibung, die auch Meister Sachs liebte. Der Text der Spiele ist den wissenschaftlichen Ausgaben von Keller und Goetze entnommen, doch ist bei der Wiedergabe, wie schon in der zweibändigen Hans Sachs-Ausgabe des Insel-Verlags, die neuere Orthographie angewandt worden. Dadurch sollte dem modernen Leser die Lektüre erleichtert werden, und diesem Zwecke dient auch das folgende

Wortverzeichnis

abhaspen, abwickeln
abstehlen, fort-, wegstehlen
Alchamist, Alchymist
Alifanzer, schlechter, listiger Mensch
bescheiden, Bescheid geben
allers, gen.sing. in Flüchen, von einem Substantiv abhängig und dem heutigen »Allerwelts ...« nicht unähnlich
anfachen, anfahen, anfangen
antragen, anhaben
aufrecken, aufrichten
ausdingen, ausbedingen
aushin, hinaus
auswaschen, lästern
Backscheit, Holz fürs Backen
baden,gebraucht wie »lausen«, (den Kopf waschen)
baldglaubig, leichtgläubig

baß, besser, genauer
befehlen, empfehlen
abstrählen, abkämmen
bekränken, krank machen
beleiten, geleiten
deren, bern, schlagen
bewähren, beweisen
Bire, Birne
Blasen, pusten, prusten
blab, blob, blau
blitschblab, blitzblau
brinnen, brennen
Bruch(fem.),Hose, Unterhose (vgl. Bild S. 38)
Bruch antragen, Hosen anhaben, Herr im Hause sein
Brunnen, der Harn
Bürlein, Bürdelein, Päcklein
dargeben, her-, hingeben
daus, daußen, draußen
denn, dann
dest, dester, desto, um so
Dildapp, Tölpel
Dinglich,Weißzeug, Wäsche dürfen, bedürfen, brauchen
Egelmeir, Schalk (Egel in der Bedeutung von Grille)
Eifrer, Eiferer, Eifersüchtiger
endlich, ganz
entpfinden, empfinden
erben, beerben
erleiden, aushalten
erst, jetzt erst, erst jetzt
Eselzeigen, Esel strecken, Eselsohren machen
fast, fest, sehr, ganz
Feige zeigen, eine im Mittelalter aus Italien eingeführte Geste (imago vulvae)
Finanzer, Wucherer
freidig, ruhmredig
für, vor
Fürkauf, wucherischer Kauf *vor* dem Markte
Füttin, (von futt) vulva
Garn, Netz, Fallstrick

gech, voreilig

Gemeusch, Büschel

genennen, aufzählen

geudisch, prahlerisch

Gezösch, Gerutsche

gmachsam, verstärktes *gemach*

gnaden, gnädig sein

Grama (Graman), schlechter Gaul

grämisch, mürrisch

Grimm, Grimmen

großbauchet, dickleibig

Gweichter, Geweihter, Geistlicher

Hahn gebissen, ähnliche Redensart wie *der Narr hat ihn gebissen*

Hälmlein, von verschiedener Länge beim Loseziehn

Handzwehel (fem.), Handtuch

Harm, Harn

harrn, ausharren; bleiben

hart, sehr

härt, Nebenform zu *hart*

hecht? (*hechen*, keuchen, *hachen*, sich wie ein »hache« gebärden. Wackernagel setzt dafür *hengt*)

Hem, Hemd

heunisch (Heune, Hunne, Hüne), ungeschlacht

Hofierer, Spielmann

ie, immer, stets; ja, Füllwort

jehen, sagen

ihm, auch reflexiv gebraucht: sich

indert, irgendwo, irgendwie, irgendwann

Johannes' Segen, Abschiedstrunk, der dem Evangelisten geweiht war

Kalb ins Aug schlagen, noch im 1,8. Jhrh. Beliebte spöttische Redensart

Kammerlauge, »Lauge aus dem Kammertopf« (*urina*)

Kappen kaufen, Narrenkappe besorgen, aufsetzen

leck, kühn, mutig

kerren, quälen

Kifferbeis, Kifferbespeis, Erbse in der Kiese (Schale): Wortspiel mit Keisen

Kluppe, gespaltenes, zum Festhalten bestimmtes Holz; Klaue

krank (c. Dat.), schwach für etwas

krimmeln, in Verbindung mit »wimmeln« = kriechen (»von« wohl verderbt aus »voll« oder »krimmeln« hier außergewöhnlich Subst. und »als« = wie)

kronen, murren

Krös, Gekröse

Lahn, Lohn

Laufend, Gicht

laufet, brünstig? (Nebenform zu »läufic«, wie »vierecket« zu »-eckic«) sich schien, sich anschicken

laugen, leugnen, verleugnen

leichnam – verstärkt Adjektiva (hart, übel, angst)

Leilach, Bettuch, Laken

Letz (fem.), Abschied

losen, lauschen, hören

Meuchler, eine Art Fieber

mild, freigebig

Moos, Moor, Sumpf

Mut, Sinn

nagen, quälen

neidig, neidisch

nieden, unten

nug, nugst, starkes Präteritum zu »nagen«

obleit, kontrahierte Form neben *oblieget*

obliegen, Gegensatz: »erliegen«

Ölbrer, alberner Mensch

prudeln, brodeln, wirbeln

prüfen (frz.prouver), beweisen; erkennen

raumen, räumen

reuen, schmerzen

Richt, Gericht

ring, leicht gering

Roselwurst, Röst-, Blutwurst

rühmisch, ruhmselig

rumplen, rumpeln, poltern

sam, als, wie

sappen, gehen

Schaff, Kübel

schellig, toll

sich schicken, sich anschicken

Schlappe, Ohrfeige
Schlat, Schlot
schmitzen, eilen
Schnauden, Schnaufen
Schweinenbachen, Schinken, den nach einem andern Fastnachtsspiel
nur holen durfte, wer beweisen konnte, daß er Herr im Hause ist.
sparn, schonen
gesport, geritten
Spottfeller, Spötter (-feller von felgian nach Schmeller; »spotvögel«
setzt Wackernagel)
Stocknarr, Stock – verstärkt (wie in »stockdumm«)
Strähnlein, Diminutiv von Strähne
stüdfaul, sehr faul (*Stud*, Pfosten, Pfeiler)
tan,ton, tun
Teidung, leeres Gerede (»Narrenteidung«); Unterhandlung
toppisch, täppisch
Trum (*sing.* von Trümmer), Ende
tügen, taugen
über Not trinken, über den Durst, ohne Durst trinken
übersehen, versehen; übergehen, ungeschoren lassen
umzaspen, herumschleichen
Unfurm (masc.), Unform, Ungetüm
ungelachsen, ungestalt
Urbans Plag, »ist ein teutsche Plage, nemlich das sich einer voll sauf-
fe und mache ein sewmale« (Agricola)
urdrütz, überdrüssig
Urte, Zeche
verjehen s. jehen
vertrogen, verlogen
vor, vorher
vorab, vorweg
vorhin, vorher
Waffel, Maul
Walkwasser, beizende Flüssigkeit
wann, denn
wege, gemessen, passend, angenehm
Weichbrunnen, Weihwasser
welich, ältere Form, aus der »welch« kontrahiert wurde
weßt ich, wüßt ich

mit Wissen, belehrt, bekehrt
Wundrer, Neuigkeitskrämer, Ohrenbläser (Schmeller)
Zeug (masc.), Gerät
zufrieden, in Frieden
zwier, zweimal

Über tredition

Eigenes Buch veröffentlichen

tredition wurde 2006 in Hamburg gegründet und hat seither mehrere tausend Buchtitel veröffentlicht. Autoren veröffentlichen in wenigen leichten Schritten gedruckte Bücher, e-Books und audio-Books. tredition hat das Ziel, die beste und fairste Veröffentlichungsmöglichkeit für Autoren zu bieten.

tredition wurde mit der Erkenntnis gegründet, dass nur etwa jedes 200. bei Verlagen eingereichte Manuskript veröffentlicht wird. Dabei hat jedes Buch seinen Markt, also seine Leser. tredition sorgt dafür, dass für jedes Buch die Leserschaft auch erreicht wird.

Im einzigartigen Literatur-Netzwerk von tredition bieten zahlreiche Literatur-Partner (das sind Lektoren, Übersetzer, Hörbuchsprecher und Illustratoren) ihre Dienstleistung an, um Manuskripte zu verbessern oder die Vielfalt zu erhöhen. Autoren vereinbaren direkt mit den Literatur-Partnern die Konditionen ihrer Zusammenarbeit und partizipieren gemeinsam am Erfolg des Buches.

Das gesamte Verlagsprogramm von tredition ist bei allen stationären Buchhandlungen und Online-Buchhändlern wie z. B. Amazon erhältlich. e-Books stehen bei den führenden Online-Portalen (z. B. iBookstore von Apple oder Kindle von Amazon) zum Verkauf.

Einfach leicht ein Buch veröffentlichen: **www.tredition.de**

Eigene Buchreihe oder eigenen Verlag gründen

Seit 2009 bietet tredition sein Verlagskonzept auch als sogenanntes "White-Label" an. Das bedeutet, dass andere Unternehmen, Institutionen und Personen risikofrei und unkompliziert selbst zum Herausgeber von Büchern und Buchreihen unter eigener Marke werden können. tredition übernimmt dabei das komplette Herstellungs- und Distributionsrisiko.

Zahlreiche Zeitschriften-, Zeitungs- und Buchverlage, Universitäten, Forschungseinrichtungen u.v.m. nutzen diese Dienstleistung von tredition, um unter eigener Marke ohne Risiko Bücher zu verlegen.

Alle Informationen im Internet: **www.tredition.de/fuer-verlage**

tredition wurde mit mehreren Innovationspreisen ausgezeichnet, u. a. mit dem Webfuture Award und dem Innovationspreis der Buch Digitale.

tredition ist Mitglied im Börsenverein des Deutschen Buchhandels.

Dieses Werk elektronisch lesen

Dieses Werk ist Teil der Gutenberg-DE Edition DVD. Diese enthält das komplette Archiv des Projekt Gutenberg-DE. Die DVD ist im Internet erhältlich auf **http://gutenbergshop.abc.de**

Zeitfracht Medien GmbH
Ferdinand-Jühlke-Straße 7
99095 Erfurt, Deutschland
produktsicherheit@kolibri360.de